Punie !

Nathalie Kuperman

Punie !

Illustrations d'Anaïs Vaugelade

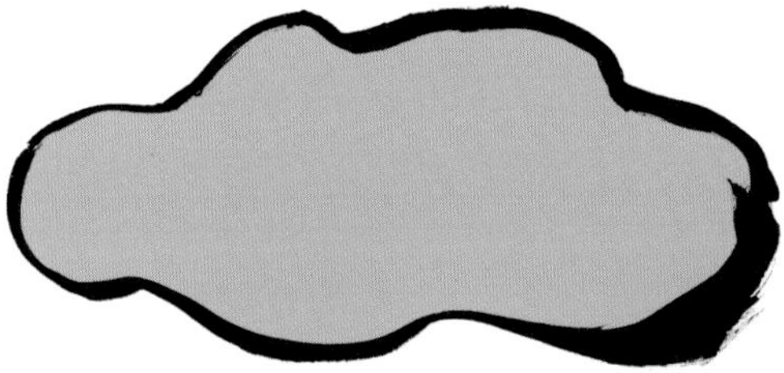

Mouche
l'école des loisirs
11, rue de Sèvres, Paris 6e

Du même auteur à *l'école des loisirs*

Collection Mouche
Attention fou rire
Carlotta et le poisson d'argent
Carlotta et les monstres
Le cauchemar qui voulait devenir pianiste
C'est normal !
Cinq sorcières
Mensonges et vérité

Loi n° 49.956 du 16 juillet 1949 sur les publications destinées à la jeunesse : septembre 2009
Dépôt légal : janvier 2010
Imprimé en France par CPI Aubin Imprimeur

ISBN 978-2-211-09724-6

Pour Arthur, Gabriel et Alain

Chapitre 1
Un petit coin près des poubelles

Je suis près des poubelles, dans le coin de la cour où personne ne va jamais à cause des odeurs. Ça sent la cantine, en moins bien. Je n'ai pas le droit de bouger. Je suis surveillée. Si je fais un pas en avant, je sais que Coralie, Manuella et Louise fonceront sur moi. Elles me guettent du coin de l'œil, l'air de rien. Elles se relaient. J'ai peur.

J'ai peut-être fait quelque chose de mal. Elles m'ont punie. Coralie était ma meilleure amie. Je l'ai aimée dès le premier jour. Je ne connaissais personne dans cette nouvelle école, elle non plus. Elle est venue vers moi. Nous avons tout de suite parlé de nos cartables, des vacances, et nous étions contentes d'être amies si vite. Le soir, j'ai annoncé à ma mère :

– Maman ! Cette école est géniale, et j'ai déjà une copine !

Maman a paru soulagée, aussi contente que si c'était à elle que ça arrivait. Elle m'a tout de suite demandé :

– Comment s'appelle-t-elle ?

– J'ai oublié, je te le dirai demain, ai-je répondu.

Quand, le lendemain, j'ai prononcé : « Coralie », Coralie entrait dans ma vie pour de vrai.

Je suis près des poubelles. J'aperçois Gaspard qui joue avec ses copains. S'il savait que j'étais punie par les filles de notre classe, il ferait : « RRRaaahh ! Wrriiippp et SSSchoque ! » C'est sa façon de dire qu'il n'est pas content. Il montrerait les dents et ferait des grimaces. J'adore ses grimaces. Je n'ai pas osé l'inviter à mon anniversaire. Maman a insisté pourtant : « Tu es sûre que tu ne veux pas l'inviter ? Tu me dis que vous vous entendez bien... » J'ai dit non. Gaspard, je ne veux pas le mélanger à mes autres copains. Si je le faisais, ça voudrait dire qu'il est comme les autres. Et justement, Gaspard n'est pas comme les autres. Personne ne sait faire les grimaces comme lui. C'est un amoureux, c'est tout.

Je vois mon amoureux jouer avec ses copains. Je le regarde, et ma punition me paraît plus légère. On peut rester longtemps immobile à regarder un amoureux. Mais il ne peut pas venir me délivrer. Il ignore que je suis prisonnière.

Je pense à maman. Elle serait malheureuse de me savoir près des poubelles pendant la récré, et papa lui aussi serait triste. En parler à papa serait plus drôle qu'en parler à maman. Lui, il dirait : « Tu as des muscles, ma fille, et des

frères pour te défendre. Cette imbécile de Coralie, on va l'anéantir en moins de temps qu'il n'en faut pour tuer un moustique qui nous empêche de dormir la nuit ! » Et il rigolerait pour me montrer que tout cela n'a aucune importance, que je suis bien plus forte que la Terre entière. Je rirais avec lui pour lui prouver qu'il a raison, mais au fond j'aurais envie de pleurer.

Maman, elle, prendrait tout de suite une mine catastrophée. Elle me dirait : « Ma chérie, reprends depuis le début

(sa phrase favorite), que s'est-il passé EXACTEMENT ? » Sa façon de me demander de lui dire les choses EXACTEMENT me fait toujours oublier comment elles se sont passées. Quand je réponds : « Je ne sais pas », elle me dit : « Réfléchis bien. » Avec maman, il faut toujours réfléchir. Et alors, je n'arrive plus à penser.

Je suis près des poubelles, et je commence à m'habituer à l'odeur. Louise, Manuella et Coralie jouent à l'élastique. C'est mon jeu favori. J'aime sauter. Depuis que je suis petite. Papa m'appelle « Mon petit cabri ». Quand je saute, je deviens plus grande. Le ciel est plus près, et moi, le ciel, je voudrais le toucher. Je sais bien que ce n'est pas possible, papa m'a expliqué que le ciel, c'est de l'air à l'infini, et que l'infini ne peut jamais s'attraper. Les chiffres, c'est la même chose. Il paraît que si l'on décide de passer sa vie à compter, c'est idiot. On n'arrive jamais au nombre le plus grand, puisqu'il n'existe pas. Et quand on meurt, c'est comme le ciel, il n'y a pas de fin. Alors, si on ne peut rien toucher, pourquoi est-ce qu'on a des doigts ? J'aime sauter quand même. Cet été, sur la plage, j'ai fait du trampoline. Ça fait des guilis dans le ventre. J'ai envie d'essayer, même s'il n'y a pas de trampoline, que je ne suis pas sur une plage, et que maman ne me photographie pas. Je prends mon élan, et…

Chapitre 2
Coupable !

– Tu as bougé !

Coralie, Louise et Manuella m'entourent.

– On t'avait dit que tu devais rester ici sans faire un geste. Sinon, ce n'est plus une punition !

– Tant pis pour toi. Cette après-midi, à la récré, tu retourneras au coin.

Coralie se retourne pour vérifier que les autres enfants n'entendent pas, et elle me lance :

– Je te préviens, si tu en parles à quelqu'un, on te trouvera une punition encore pire !

La sonnerie nous fait sursauter. J'avais oublié qu'elle pouvait me délivrer, j'avais oublié de penser à elle pour tenir bon. Louise me pousse contre une poubelle avant de suivre Coralie et Manuella qui se précipitent vers la classe. Pourquoi Louise m'a-t-elle poussée ? Je ne lui ai jamais rien fait. Et qu'ai-je fait à Coralie pour qu'elle me punisse ? Je ne comprends rien. Vendredi encore, je jouais dans cette cour avec elle, on se tenait par la main, on se racontait qu'on était transparentes, et que seule la sonnerie nous rendrait notre apparence. Manuella et Louise ne faisaient pas attention à nous, on les aimait bien de loin, comme des filles qui n'avaient pas le pouvoir d'être invisibles, qui n'avaient d'ailleurs aucun pouvoir, mais qui n'étaient pas des ennemies. Les ennemis, c'étaient les garçons, bien sûr, et nous attirions leur attention pour qu'ils nous pourchassent, ce qui n'était pas facile puisque personne ne pouvait nous voir !

Invisible, c'est exactement ce que je voudrais devenir à cet instant, où, montant les marches pour rejoindre la classe, j'entends des ricanements. Je lève la tête et je vois Coralie, Manuella et Louise qui se bouchent le nez en disant :

– Vous n'avez pas l'impression que ça sent les poubelles ?

Antonin demande :
– Pourquoi vous dites ça ?

– Regarde derrière toi, répond Manuella, Olivia sent mauvais, tu ne trouves pas ?

Antonin hausse les épaules. Il ne se pince pas le nez, c'est déjà ça.

Coralie insiste :
– Une fille qui reste près des poubelles pendant toute une récré ne peut pas sentir bon.

Il me semble qu'elle a raison, qu'une odeur nauséabonde s'échappe de mon corps. J'essaie de bloquer ma respiration pour ne pas me sentir, j'essaie de concentrer mon attention sur le manteau rouge d'Antonin qui me précède dans l'escalier, de compter les marches, de ne pas m'apercevoir que mes oreilles bourdonnent. De toute façon, ce soir, je serai dans mon lit, maman me racontera une histoire, chantera la chanson magique en dessinant sur mon dos des animaux fantastiques, et je m'endormirai avec mon chat Sardine dans les bras, aux yeux si verts et si grands qu'ils voient même ce qu'il y a au fond de moi. Sardine doit me protéger contre les ombres qui se mettent en mouvement la nuit, qui me réveillent, et qui m'effraient. Mais il s'endort finalement, parce que les peluches ne savent pas lutter contre le sommeil, et je me retrouve seule avec ma terreur. Maman me dit que je n'ai aucune raison d'avoir peur et que je dois retourner dans ma chambre, quand je vais la réveiller pour dormir dans son lit. Maman, la nuit, ne comprend pas tout.

On entre en classe. Mes oreilles entendent de nouveau, et l'odeur a disparu. Tout semble redevenu comme avant. Coralie écoute la maîtresse et ne fait plus attention à moi. Gaspard et Saïd bavardent, comme d'habitude, et Manon enroule une mèche de cheveux autour de son doigt, un geste qui prouve qu'elle est tout ouïe. Rien n'a changé. Je voudrais que plus rien ne bouge.

Mais dès l'après-midi, je me retrouve au coin près des poubelles pendant la récréation. J'ai voulu ne pas y aller. J'ai senti les larmes monter. J'ai tenté de dire non. Ça n'a servi à rien. Les trois filles m'ont prise par les bras et m'ont soufflé dans l'oreille que, si je résistais, je risquais de le regretter beaucoup. « On déchirera tes cahiers. » « On dira à tout le monde que tu sens mauvais. » « On racontera

que tes parents sont des sorciers. » « On donnera des coups de feutre sur ton manteau. » Alors, j'ai hurlé :

– Mais qu'est-ce que j'ai fait ?

Coralie m'a regardé dans les yeux :

– Cherche, et tu trouveras. Ce que tu as fait, tu le sais très bien. Maintenant, va au coin, sinon je raconte à tout le monde ton secret.

J'ai filé et je me suis installée près des poubelles.

– Et ne fais pas un geste ! a crié Louise.

Louise se croit forte parce que ce n'est pas elle qu'on embête. On dirait qu'elle est tellement heureuse de ne pas être à ma place que ça lui donne tous les droits. Au début de l'année, Prune et Julie se moquaient d'elle parce qu'elle emportait son doudou à l'école. Un jour, j'avais vu sa tête brune enfouie dans ses bras. Je m'étais approchée : elle pleurait. Je lui avais confié que, moi aussi, j'avais un doudou, qui n'avait plus d'oreilles, plus de queue, dont la tête menaçait de se détacher du corps, mais que j'aimais à la folie et pour la vie. Elle avait ri, et m'avait dit merci. Aujourd'hui, elle se venge sur moi. Elle est lâche, bête, méchante, idiote, moche, stupide, imbécile et tous les mots qui disent combien on n'aime pas quelqu'un. J'essaie d'appliquer la liste à Coralie, mais ça ne marche pas. Je dois l'aimer encore.

Et pourtant, à l'idée qu'elle puisse raconter mon secret à tout le monde, mes poings se serrent. Mais c'est inutile de serrer les poings quand on ne peut pas frapper. Papa, aide-moi ! S'il te plaît, mon petit papa, j'ai tellement besoin de toi ! Les filles ne sont pas des moustiques qui nous empêchent de dormir. Elles sont des êtres humains qui me punissent, et je l'ai peut-être bien mérité. Ne rigole pas, par pitié. Prends-moi, et emmène-moi loin, on fera du roller, comme le soir du 31 décembre où on a traversé Paris, avec Arthur et Gabriel, pour aller dans ton bar préféré. C'était la meilleure soirée de ma vie. Le serveur m'a apporté une grenadine sans que j'aie eu besoin de la lui demander, on aurait dit qu'il me connaissait par cœur. Il m'a appelée Olivia dès qu'on est entrés. Maman n'était pas avec nous, et j'aurais aimé qu'elle voie comme on était des rois ce soir-là. On est rentrés à minuit pile, et on a crié : « Bonne année ! » avant de dormir. Chez toi, je n'ai pas peur. Tu laisses la porte de la chambre ouverte, les frères sont là pour me protéger, et eux, ils ne sont pas en peluche.

Les poubelles ne me dérangent pas. J'y retrouve une odeur de frites et de pomme. Près des poubelles, je rêve en regardant le ciel, parce que je ne veux pas voir les autres jouer. Une récréation, c'est long.

LAC

Chapitre 3
Le lampadaire et la poupée

Oui, j'ai confié mon secret à Coralie. La nuit, le lampadaire que maman a installé dans ma chambre se met en mouvement. Il a une tête ronde et un cou qui peut bouger d'avant en arrière. Dès que je le regarde, il cesse de bouger. Mais il suffit que je me retourne pour qu'il avance vers moi. J'ai eu beau en parler à maman, ça n'a servi à rien. Elle m'a dit :

– Ma chérie, c'est un lampadaire halogène, et cette chose n'a qu'une fonction : éclairer. Je t'en supplie, cesse de te raconter des histoires.

– Maman, j'ai peur de son ombre !

– Dans ce cas, m'a-t-elle répondu, on éteint la petite lumière, et tu ne verras plus rien.

– Mais j'ai peur du noir !

Maman parfois lève les yeux au ciel, et je sens bien que je l'énerve. Elle voudrait que le lampadaire soit un lampadaire. Pour elle, cela ne fait aucun doute. Mais pour moi, ce lampadaire est un monstre qui me poursuit dès que j'ai le dos tourné. C'est un personnage. Et ce qui est atroce, avec un personnage, c'est qu'on ne sait pas qui il est exactement. Ce n'est pas le directeur de l'école qui fait les gros yeux quand on arrive en retard, ce n'est pas le garçon qui m'a poussée contre un banc, le jour où je me suis ouvert la joue au point que je porte encore une cicatrice aujourd'hui, ce n'est pas mon faux grand-père, Pépé, l'horrible bonhomme qui rigole comme un ogre, ce n'est pas ma vraie grand-mère, l'affreuse maman de papa qui me déteste parce que je n'aime pas manger et qui a décidé de ne plus me voir, qui fait des cadeaux à mes frères et qui ne m'a jamais rien offert, ce n'est pas le gardien de l'immeuble de papa qui fait peur à tout le monde, ce n'est aucun de tous ceux-là. Le lampadaire est malin ; il sait que je ne peux pas le dénoncer. Devant maman, il fait le lampadaire, mais dès qu'elle sort de ma chambre, il me nargue. Qui est-il ? Et, si maman ne décide pas de le jeter à la poubelle, continuera-t-il de me poursuivre, toute la vie ? La lumière le soir devient l'ombre la nuit. Quand je fais mes devoirs, il se tient bien. Il ne bouge pas, il m'éclaire, tout simplement.

Maman ! Viens me chercher ! Viens me délivrer ! Je ne veux plus aller à l'école, je ne veux plus faire mes devoirs, je ne veux plus apprendre à lire, je ne veux plus que vous soyez séparés, papa et toi ! Maman, viens m'aider.

Maman ne viendra pas, pour la bonne raison que je suis dans une cour de récréation, et que les parents n'arrivent jamais quand on a besoin d'eux. Il y a dans ma chambre une poupée qui est installée sur l'étagère du haut. C'est une poupée de collection. On la pose et on la regarde, m'a-t-on dit, et la regarder donne du plaisir, parce que ces poupées-là connaissent des choses du passé que toi, tu ne connais pas. J'ai voulu demander ce qu'était le passé, mais j'ai eu peur de paraître idiote. Le passé, c'est quand on n'était pas là pour voir. Cette poupée me regarde, moi, qui ne sais pas ce qu'est le passé. C'est une amie du lampadaire. Ils se parlent dans mon dos.

– Cette petite fille l'a bien cherché ! dit le lampadaire.

– Qu'a-t-elle cherché ? demande la poupée.

– Elle l'a cherché, c'est tout, dit le lampadaire.

– C'est une petite fille qui cherche les ennuis. C'est évident. Tu as vu la façon dont elle nous regarde ?

– Oui, elle a peur de nous. C'est tout de même incroyable !

– Moi, je suis une poupée avec des boucles blondes. Je plais à tous les enfants. Ma robe est splendide, faite de broderies, de velours et de satin. J'ai de l'allure.

– Moi, j'éclaire mieux que quiconque. Je suis grand, et je possède en moi un variateur d'intensité de lumière.

– Moi, je viens de chez toutes les grand-mères du monde. Je suis la tradition. Je suis exactement ce qu'on aime en ces temps difficiles où plus personne ne croit en rien. Je suis la mémoire du petit temps qui passe.

– Moi, je suis passé de l'autre côté, avec les ordinateurs et les fours à micro-ondes.

– Chut, elle nous écoute ! chuchote la poupée.

– Elle, elle n'est ni passé, ni futur. Elle se contente du présent, chuchote le lampadaire.

– C'est une petite fille capricieuse, décide la poupée.

– Et méchante, décide le lampadaire.

– Qu'a-t-elle fait de méchant ? demande la poupée.

– Elle a souhaité que ses parents meurent.

– Vraiment ? s'étonne la poupée.

– Oui, confirme le lampadaire.

– Comment peut-on souhaiter une chose pareille ? s'étonne la poupée, au bord des larmes.

– On le souhaite, c'est tout.

– Alors, s'exclame la poupée, elle mérite d'être punie !

– Par son père et par sa mère ? demande le lampadaire.

– Mais non, enfin, réfléchis ! Les parents ne se rendent pas compte d'une telle chose. S'ils le savaient, ils enverraient directement leur enfant chez un psychologue.

– Mais c'est une punition, d'être envoyé chez le psychologue.

– Non, il paraît que, parfois, les enfants s'en tirent bien.

– Alors, que faire ?

– Laisser faire la vie. La vie se chargera de punir cette petite fille.

– Veillons, propose le lampadaire.

– Veillons, acquiesce la poupée de collection.

J'ai raconté à Coralie ce que j'avais entendu. Elle m'a fixée, puis a été secouée par un fou rire qui m'a rendue triste. Elle se moquait de moi, évidemment.

– Les objets parlent dans ton dos ? m'a-t-elle dit. Si tu n'étais pas ma copine, je crois que j'irais raconter ça à tout le monde, c'est trop drôle.

Puis elle m'a embrassée pour me prouver qu'elle restait quand même mon amie, mais elle m'a demandé de ne plus lui raconter des trucs pareils parce que ça lui fichait les jetons, en vrai.

Maintenant, elle me tient. Si je ne fais pas exactement ce qu'elle m'ordonne, elle ira dire partout que je suis folle.

Un ballon roule à mes pieds. Quand je relève la tête, je vois Gaspard.

– Pourquoi tu restes près des poubelles ? me demande-t-il en ramassant le ballon.

– Comme ça. J'aime bien.

– T'es bizarre, comme fille.

– T'es énervant, comme garçon.

C'est sorti tout seul. Gaspard a haussé les épaules et est parti retrouver ses copains. Je viens de perdre mon dernier ami.

Chapitre 4
Ma mère, mon père…

C'est le soir. Maman est venue me chercher à six heures, après l'étude, à laquelle aucune des trois filles n'a assisté. Heureusement, Manon était là. On s'est assises côte à côte et on a fait nos devoirs. On ne s'est pas parlé, sauf pour se demander ce qu'on avait mangé au goûter. J'ai parlé de mon pain au lait avec la barre de chocolat, de ma compote et de mon yaourt à boire, elle m'a simplement dit que son père avait oublié de mettre le goûter dans son cartable. Et quand je lui ai demandé pourquoi sa mère ne l'avait pas fait, elle est restée silencieuse. Il ne me restait plus rien, sinon j'aurais partagé avec elle. Elle a sorti son cahier du soir et s'est plongée dedans. Elle a enroulé une mèche de cheveux autour de son doigt et a fait comme si je n'existais plus. Je l'ai imitée, mais j'avais du mal à me concentrer sur les additions. J'attendais que l'heure passe, j'avais envie de voir maman, et en même temps j'appréhendais de la retrouver. La journée était trop difficile à raconter, et en plus je n'en avais pas le droit. Manon, tout en ramassant ses affaires à la fin de l'étude, m'a simplement dit :

– Tu devrais faire attention. Il paraît que les poubelles, ça file des maladies.

– Pourquoi tu dis ça ? lui ai-je demandé, étonnée qu'elle me donne ce conseil à cette heure-là.

– Parce que moi aussi, j'ai été obligée de rester près des poubelles pendant plusieurs récréations. Maintenant, elles me laissent tranquille.

– Qui ? Coralie, Louise et Manuella ?

– Non, répond Manon, d'autres. Mais bon, je n'ai pas envie d'en parler.

Et elle est sortie de la salle d'étude sans me dire au revoir, comme si elle regrettait de m'avoir confié ce secret.

C'est le soir. Quand j'ai aperçu maman à la sortie, j'ai couru me réfugier dans ses bras. J'avais une énorme envie de pleurer, mais je me suis retenue parce qu'elle se serait doutée de quelque chose.

Lorsque nous sommes arrivées à la maison, maman m'a demandé si tout s'était bien passé. J'ai répondu oui, mais maman, qui a une loupe dans les yeux quand elle me regarde, a trouvé que mon oui n'était pas bien dessiné.

– C'est un oui qui ne me plaît pas beaucoup, mon petit chat, m'a-t-elle dit.

– Pourquoi ?

– Le O tremblote, le U bascule, et le I n'a pas le point bien au-dessus de sa tête.

Parfois, maman parle des mots comme s'ils étaient vivants. Mais je n'ai pas envie de plaisanter avec elle.

– J'ai passé une excellente journée ! je hurle, et mon hurlement se transforme en une cascade de pleurs.

Maman s'agenouille pour se mettre à ma hauteur.

– Ma grenouille, pourquoi pleures-tu ?

– Je ne suis pas une grenouille, je suis une petite fille, et j'en ai assez que tu m'appelles par des noms d'animaux ! Et puis j'en ai assez que tu chantes dans la rue, et que tu cries bravo très fort quand on va au théâtre, et que tu expliques à tout le monde que je suis timide quand je ne dis pas bonjour, et que tu me fasses manger des galettes bio, et que tu fumes alors que tu m'expliques que c'est très mauvais pour la santé, et que tu n'aimes plus papa, et que…

Je suis essoufflée. Je m'arrête. Maman ne rigole plus. Elle a l'air triste tout d'un coup. Elle ne dit rien. Elle reste agenouillée, et moi, je voudrais qu'elle dise quelque chose. Qu'elle me punisse, par exemple, qu'elle m'ordonne d'aller dans ma chambre et d'y rester jusqu'à ce qu'elle m'appelle. Mais non, elle ne bouge pas.

Elle se relève enfin.

– Alors, j'avais raison, dit-elle. Ton oui était un non en colère.

Elle recommence. Ma mère est comme ça. Elle ne comprend rien.

– Tu ne me punis pas, pour tout ce que je t'ai dit ? hasardé-je.

– Te punir ? s'exclame-t-elle. Mais pourquoi ? Tu me dis ce que tu ressens, et je devrais te punir ?

C'est le monde à l'envers. Je dis à ma mère des choses très méchantes, et elle reste sans réaction. Coralie, je ne lui fais rien, et elle m'envoie au coin.

Je demande à maman :

– Est-ce que je peux téléphoner à papa ?

– Évidemment, répond-elle. Tu sais comment faire. Je n'ai pas envie d'écouter ta conversation. Tu peux l'appeler de ta chambre.

Quand j'entends la voix de papa, j'oublie tout. J'ai juste envie de lui sauter dans les bras.

– Bonjour, ma gaillarde, me dit-il. Comment ça va ?

Et là, je ne sais pas pourquoi, je lâche tout : le coin, les poubelles, le lampadaire, la poupée, Manon, la séparation, Gaspard, les ombres, la trop petite lumière dans ma chambre, les bravos de maman au théâtre, Louise qui m'a poussée, Coralie qui a menacé de dire mon secret, la peur, l'envie de ne plus retourner à l'école, tout. Dans le désordre. C'est la première fois que je parle autant, et papa m'écoute, il m'encourage :

– Continue.

Quand j'ai terminé, il me demande :

– Veux-tu que je passe te voir ?

Ce n'est pas un oui avec le O tremblant, le U vacillant et le point pas au-dessus du I. C'est un oui qui veut dire : « Viens tout de suite, j'ai besoin de toi. »

– Je vais venir, mais avant passe-moi ta maman, me demande-t-il.

J'appelle maman, ils se parlent, et maman dit : « Oui, oui », mais j'en ai assez de décortiquer les oui. Si, à chaque fois qu'on prononce oui, je dois penser à la façon dont se comportent le O, le U et le I, je n'aurai plus de place dans ma tête. Les oui sont toujours là, partout, tout le temps.

Après que maman a raccroché, elle s'approche de moi, me prend dans ses bras, et m'annonce :

– Ton papa vient prendre l'apéro avec nous, dit-elle. Tu es contente ?

Je ne réponds pas. Je regrette déjà tout ce que j'ai avoué. J'ai peur que les choses se vengent sur moi, que ce soit encore pire après. Le lampadaire et la poupée vont m'empêcher de dormir toute la nuit, maman ne m'emmènera plus au spectacle, les poubelles sentiront de plus en plus mauvais, Coralie racontera partout que je suis folle, et mes parents ne revivront jamais ensemble. Ça fait beaucoup !

Quand j'entends la sonnette, je me précipite à la porte pour ouvrir. Papa me saisit par la taille et me maintient au-dessus de lui. Je touche presque le plafond. J'aimerais rester en l'air le plus longtemps possible, mais papa me repose, entre dans la pièce, embrasse maman, se laisse tomber dans le fauteuil en disant :

– Et si on le prenait, ce petit apéro ?

Chapitre 5
D'accord, pas d'accord…

L'apéritif a duré plus d'une heure (j'ai eu droit à de l'Ice Tea et des chips) et on était bien. Presque comme avant. Papa et maman m'écoutaient vraiment, j'avais le droit de dire tout ce qui me pesait sur le cœur, et j'en ai drôlement profité. Maman a promis en riant de ne plus chanter dans la rue (enfin, de chanter moins fort), et elle m'a dit qu'elle installerait une autre ampoule pour que j'y voie bien dans ma chambre, la nuit, et que, s'il le fallait, on mettrait le lampadaire et la poupée dans le couloir. Papa m'a expliqué que maman et lui ne revivraient pas ensemble, parce qu'ils n'en avaient pas envie. Et quand j'ai froncé les sourcils, il a ajouté :

– Vivre avec ta mère, c'était un cauchemar !

Ce à quoi maman a répondu :

– Vivre avec ton père, c'était un enfer !

Ils se sont mis à rire tous les deux, comme s'ils étaient les meilleurs copains du monde. Parfois, les parents, ils disent n'importe quoi. Moi, ça ne m'a pas du tout amusée.

Et puis, j'ai parlé du coin. Les menaces de Coralie ne me faisaient plus aucun effet, parce que j'étais assise entre papa et maman, à manger des chips et boire de l'Ice Tea. Le monde pouvait s'effondrer, moi, je me sentais bien, vraiment bien, extraordinairement bien.

Mais la réaction de papa et maman m'a rappelée à la réalité. Tous les deux, et d'une seule voix, se sont exclamés :

– Les enfants ne peuvent pas punir d'autres enfants !

Je n'en revenais pas. C'était la première fois qu'ils étaient à ce point d'accord. J'ai sursauté, comme si j'avais fait une bêtise et qu'ils me grondaient.

– Tu ne dois pas te laisser faire, a dit papa.

– Personne ne peut t'obliger à te soumettre à sa volonté, et encore moins une fille de ton âge, a dit maman, qui a parfois du mal à dire les choses simplement.

– Cette Coralie, je vais lui dire deux mots ! a menacé papa.

– Ce n'est pas à Coralie qu'il faut parler, c'est à la maîtresse ! a rétorqué maman.

– J'ai toujours pensé que cette gamine n'était pas nette, a continué papa.

– Mais enfin, c'est une enfant ! C'est aux adultes de régler la question, a dit maman.

– Tu parles, les adultes, ils ne voient rien !

– Justement, c'est pour ça qu'il faut en parler !

– STOP ! j'ai hurlé.

Et les parents se sont tus.

– Je réglerai mon problème toute seule, ai-je dit. Je ne veux pas que vous en parliez à la maîtresse.

– Tu vois ! a dit papa à maman.

– Ni que vous alliez voir Coralie ! ai-je ajouté.

– Tu vois ! a dit maman à papa.

– On va faire intervenir le Premier ministre, a lancé papa, pour être drôle.

– Tu ne comprends vraiment rien à rien, a sifflé maman entre les dents.

Ça recommençait. En deux minutes, mes parents n'étaient plus du tout d'accord. Pour papa, maman était le cauchemar, et pour papa, maman était l'enfer.

Le cauchemar et l'enfer ne rigolaient plus, ils se toisaient, chacun étant sûr d'avoir raison. Moi, je ne savais plus quoi penser, mais je voulais que ça s'arrête. J'ai fait exprès de renverser mon verre d'Ice Tea. Maman s'est précipitée vers la cuisine. Papa en a profité pour me chuchoter :

– Ne te laisse pas faire, ma chérie, tu es bien plus forte que toutes les Coralie réunies.

En revenant avec l'éponge, maman a dit :

– C'est une bonne idée, finalement, que tu essaies de régler ça toute seule. Mais sache qu'on est là et que, si tu n'y arrives pas, il y a des solutions.

– C'est vrai. L'important, c'est que tu sois assurée de notre amour.

Je ne voyais pas bien le rapport, mais mes parents semblaient se réconcilier, et c'est la seule chose que je souhaitais.

Papa est parti, maman a mis une ampoule de 60 watts sur la lampe, et ça changeait tout. Je pourrais maintenant tenir à l'œil le lampadaire et la poupée. Ils ne seraient plus dissimulés parmi les ombres. Maman m'a lu une histoire et m'a promis que l'on reparlerait de tout ça plus tard. Elle m'a serrée très fort dans ses bras, elle a dessiné des animaux fantastiques dans mon dos avec ses ongles, et je luttais de toutes mes forces pour ne pas sombrer dans le sommeil.

Parce que, je me le suis juré : ce soir, je ne dors pas.

J'ai des comptes à régler.

Chapitre 6
Dialogue dans la nuit

J'ai prévenu Sardine. Cette nuit, on veille. Maintenant que les ombres sont moins noires, je suis prête à lutter contre le lampadaire et la poupée. Sardine me scrute de ses grands yeux verts, et je lis dans son regard que je peux compter sur lui. J'entends des bruits de vaisselle ; maman n'est pas couchée. C'est peut-être pour cela que mes ennemis restent silencieux. Ils attendent qu'il n'y ait plus aucun bruit dans la maison. Pour ne pas m'endormir, je m'assieds dans mon lit et je parle à Sardine. Je lui parle de mes grands frères, lui explique combien ils me manquent lorsque je passe la semaine avec maman, lui raconte les vacances où nous étions ensemble en Bretagne et les châteaux de sable qu'ils me fabriquaient pour que je joue à la princesse. Quand je serai grande, Gabriel m'emmènera danser, et Arthur m'entraînera au karaté. Ils me l'ont promis.

Ça y est : je les entends s'agiter, c'est eux. Je serre Sardine très fort contre ma poitrine et m'allonge en fermant les yeux.

Le lampadaire : Pst !

La poupée : Je suis là !

Le lampadaire : Tu crois qu'elle dort ?

La poupée : Elle serait bien capable de faire semblant !

Le lampadaire : Tu crois vraiment ?

La poupée : Bien sûr, c'est une petite fille qui ne dit pas la vérité.

Le lampadaire : Mais là, elle ne dit rien. On ne peut pas l'accuser de mentir !

La poupée : On peut toujours l'accuser, je ne vois vraiment pas pourquoi on ne l'accuserait pas !

Le lampadaire : Tu as raison, on peut dire n'importe quoi, ce n'est jamais si grave.

La poupée : Donc tu trouves que j'ai raison ?

Le lampadaire : D'une certaine manière, tu as raison, et peu importe que tu aies tout à fait tort, l'important étant d'avoir raison.

La poupée : Je n'ai pas bien compris ce que tu as dit.

Le lampadaire : Tu l'as entendu, c'est déjà ça.

La poupée : De quoi parlions-nous ?

Le lampadaire : Nous parlions de cette petite fille, Olivia, qui serre son chat contre elle, qui dort, ou fait semblant de dormir, qui s'est fait punir sans qu'elle sache pourquoi, parce que, quoi que l'on fasse, on est toujours puni. On

punit pour un oui ou pour un non aujourd'hui. Moi, par exemple, j'éclaire, mais qu'est-ce que j'éclaire ? Olivia fait ses devoirs dans le salon, et je ne sers à rien dans ces moments-là. Quand sa mère lit l'histoire du soir, c'est à la lueur de la lampe de chevet. Dans la nuit, quand Olivia m'allume parce qu'elle a peur de moi, puis-je me sentir fier ? Suis-je là pour éclairer le chagrin d'une enfant ?

La poupée : Qu'as-tu, ce soir ? Tu sembles un peu triste. Est-ce l'ampoule 60 watts qui te fait cet effet ? Tu disais que cette petite fille avait souhaité la mort de ses parents ? Y a-t-il rien de plus monstrueux ?

Le lampadaire : Je ne sais pas pourquoi j'ai dit ça. C'est complètement idiot. Tu sais, parfois, on dit des choses, c'est une idée qui passe comme ça, dans notre tête. On la transforme en phrase, et une phrase prend une allure de vérité. Peut-être est-ce moi qui ai voulu la mort de mes parents.

La poupée : Mais un lampadaire n'a pas de parents !

Le lampadaire : Non, c'est pourquoi je peux imaginer sans peine que j'ai eu ce désir.

(*Silence.*)

La poupée : Alors, tu ne veux plus qu'on s'amuse à dire de mal d'elle ?

Le lampadaire : Tu veux parler d'Olivia ? Non, je ne veux plus jamais lui faire de peine. Je voudrais lui dire qu'elle est beaucoup plus forte qu'elle ne le croit. Elle peut refuser ce qu'elle ne veut pas et accepter ce qu'elle aime. Mais elle ne le sait pas encore, sauf si elle m'écoute.

La poupée : Je pense que je vais retourner chez mes parents, mes grands-parents et mes arrière-grands-parents.

Le lampadaire : Tu me manqueras un peu, mais c'est une bonne idée. Tu n'as plus rien à faire dans cette chambre. Et puis, les poupées, Olivia n'a jamais aimé ça.

La poupée : Je partirai demain matin.

Le lampadaire : Es-tu triste ?

La poupée : La mémoire du temps qui passe ne peut pas être triste. J'ai tant de souvenirs en tête que je n'ai pas de place pour vivre au présent.

Le lampadaire : Taisons-nous.

La poupée : Oui, Olivia a besoin de dormir. Demain, pour elle, la journée sera longue.

Le lampadaire : Tu as des pensées douces pour Olivia, maintenant ?

La poupée : Oui. Finalement, je pense comme toi qu'elle n'est ni capricieuse ni méchante, et qu'elle ne mérite pas d'être punie.

Le lampadaire : Je ne comprends plus rien !

La poupée : A-t-on toujours besoin de comprendre ?

Le lampadaire : Ne pars pas !

La poupée : Je vais y réfléchir.

Le lampadaire : Reste !

(*Silence.*)

La poupée : Bon, alors, d'accord, puisque tu insistes…

(*Silence.*)

Malgré sa promesse, Sardine s'est endormi. Le silence s'installe dans ma chambre, dans ma tête, un silence qui ne me fait pas peur. Le sommeil m'emporte, et j'aime ce moment où je bascule.

Chapitre 7
Non

Maman m'embrasse devant l'école. J'entre dans la cour, je ne suis pas inquiète. La première personne que j'aperçois, c'est Manon. Je me dirige vers elle et, quand elle me voit, elle me sourit. J'ai soudain envie de lui demander pourquoi elle a été punie par les autres, mais je renonce. Je ne veux pas savoir.

Elle me dit :

– Si ça t'intéresse, je te montrerai des photos de mon hamster.

– Oui, lui dis-je. Tu me les montres ?

– Je ne les ai pas sur moi, mais jeudi, si tu veux, je te les apporte.

– D'accord.

On a un projet, et ça me fait plaisir.

Quand Manon voit Coralie venir vers nous, elle s'éloigne, pour me laisser seule avec elle. Je voudrais lui demander de rester, mais les mots se bloquent dans ma gorge.

– Tu parles à cette fille ? me demande Coralie.

Je ne réponds pas.

– Décidément, tu fais tout pour qu'on ne soit plus amies. Tu sais ce qui t'attend.

Je serre les poings et la colère monte en moi. Une colère mêlée de peur, de tristesse, de haine. Mes ongles s'enfoncent dans mes paumes. Et puis autre chose encore : l'envie de me révolter. La révolte prend maintenant toute la place, étouffe la colère, la peur, la tristesse et la haine. Je ne me laisserai pas faire. Mes poings se desserrent et un grand calme m'envahit. C'est bizarre, une sorte de carapace se met en place et me protège. Je n'ai plus peur.

Tout est allé très vite. Coralie reste devant moi, comme si elle s'attendait à ce que je m'excuse, à ce que je lui promette de ne plus adresser la parole à Manon.

– Alors, tu as décidé de ne pas me répondre ? s'impatiente-t-elle.

Je lui souris.

– Eh bien, dès que Louise et

Manuella arriveront, nous t'emmènerons là où tu aimes bien être : près des poubelles !

Je fais un pas en avant et lui dis :

– Non, je n'irai pas. Je n'irai plus jamais.

Coralie me regarde d'un air gêné et, au lieu de me menacer davantage, elle concède :

– Bon, après tout, tu as raison. Ta punition a assez duré.

Elle enchaîne :

– J'ai apporté ma corde, tu as la tienne ?

– Non.

– C'est pas grave, on sautera à tour de rôle.

– Non.

– Tu ne veux pas jouer avec moi ?

– Non.

– Tu es fâchée contre moi ? Tu sais, hier, c'était un jeu. On avait parié qu'on arriverait à te mettre au coin et que tu y resterais. On a gagné, c'est tout ! Mais aujourd'hui, je leur dirai que je ne veux plus jouer. Bon, on y va ?

J'ai très envie de sauter à la corde, très envie d'être de nouveau la meilleure amie de Coralie. Je voudrais oublier la journée d'hier et faire comme si rien ne s'était passé. Mais une petite voix me souffle que rien ne s'efface.

Je vois Gaspard entrer dans la cour. Il pousse un ballon devant lui en attendant l'arrivée de ses copains. J'abandonne Coralie, qui n'aura jamais de réponse à sa question, et traverse la cour pour retrouver Gaspard.

Sans dire un mot, on se fait des passes.

Je ne suis pas transparente. Je ne jouerai plus jamais à l'être. Je saute sur le ballon alors qu'il faudrait que je dribble (mais j'aime tant sauter !), je sens mes joues rougir sous l'effort, je sens mes muscles dans les jambes. J'ai l'impression que le monde entier me voit, et cela ne m'effraie pas. Je crois même que je pourrais dire Bonjour, que je pourrais chanter dans la rue (à condition que maman ne chante pas avec moi), que je pourrais lever le doigt en classe sans craindre les ricanements. En cet instant, ce sont les autres qui sont invisibles. Je ne vois que Gaspard et ses grimaces quand le ballon ne prend pas la bonne direction.

Je suis tellement heureuse que je shoote un peu fort. Le ballon va s'échouer au pied des poubelles et je cours le récupérer. Pendant une fraction de seconde, je crois voir une petite fille qui regarde le ciel en attendant que le temps passe. Mais non, je me suis trompée. Cette petite fille n'existe plus.